출사 가는 길

출사 가는 길

최부암 제2시집

개미

세계보건기구(WHO)가 신종 코로나바이러스 감염증 (COVID-19 · 코로나19)에 대한 '팬데믹(세계적 대유행)'의 선언이 있었다. '팬'은 '모두'를 '데믹'은 '사람'을 뜻한다. 모든 사람이 전염된다는 뜻이다.

사회와 경제적 타격은 물론 단순히 공중보건의 위기가 아니라 모든 분야에 영향을 미치는 위기라는 의미 속에서 '문학의 역할은 무엇인가?' 라고 되묻고 싶었다. 공동체는 모든 부문과 개인이 싸움에 참여해야 한다는 것을 독려하고 있었다.

금번 사업은 새로운 역사를 쓰는 민 · 관의 '콜라보레이션'이다. 이는 전국에 '장애인 창작활동'을 지원하는 공적프로그램을 통해서 확인할 수 있다. 특히 다른 광역 지자체 문화재단에서 '장애인 창작활동 지원'을 실행하는 경우가 별로 없음에도 불구하고 대전광역시와 대전문화재단의 지원은 '지속성을 담보한다'는 거시적 측면에서 타시도 문화재단을 선도하는 모습을 보여주고 있다.

또한, 2014~2020년 현재에 이르기까지 '세종도서문학나눔우수도서'에 6종의 작품집이 선정되었고, 70종 76,000권에 이르는 장정에 이르기까지 130여 명의 중증 장애인 작가를 발굴하였다는 족적을 남겼다.

그 사이에 2016년~2020년 현재까지 장애인문학의 '융·복합 콘텐츠 제작'을 통하여 작곡과 연극(시극), 시노래, 시무용, 앙상블, 오케스트라, 국악가요, 대중가요, 가곡, 연극 음악 등의 콘텐츠로 제작 초연을 통해서 팬데믹 사회에 '비대면 양방향 콘텐츠'를 선도할 수 있는 선도적 확장도 이루었다.

전문예술단체 〈장애인인식개선오늘〉의 이러한 노력은 지방문화의 우수성을 타시도를 넘나들 수 있고, 새로운 모델을 구축하여 불온한 사회적 거리두기를 콘텐츠로 극복할 수 있다는 가능성을 보여주었다. 더 큰 사례로 BTX(방탄소년단)를 보면, 문화와 예술이 인종차별을 극복하고 우리 국민의 뛰어난 창조적 능력이 세계적 팬데믹을 일으킬 수 있다는 것을 여실히 보여주었다.

오늘, 15년의 살아온 날수만큼의 족적이 새로이 살아 갈 날수만큼의 커다란 역사, 즉 '장애인문학'이라는 새로운 여정을 밝히는 '발화점'이 되기를 바란다.

2020년 12월
전문예술단체 〈장애인인식개선오늘〉
대표 박재홍

제2시집 『출사 가는 길』을 출간하면서

두 번째 시집을 출간하려고 작년 겨울에 원고 정리를 마쳤습니다.

출판사에 원고를 보내기 며칠 전, 모 계간지에 3년간 사진 삽화를 제공하던 어느 날입니다.

겨울호에 보낼 이미지를 고르다가 잠깐 자리를 비운 사이 PC에 렌섬바이러스 공격을 받았습니다.

평생을 작업한 수십만 장의 사진과 출간 직전의 원고들. 두 아이의 성장 사진까지 모든 자료가 물거품으로 사라졌습니다.

멘―붕(멘탈붕괴)이 이런 거구나……

머릿속이 하얗게 지워졌습니다.

그 다음에 분노가 솟았습니다.

그리고 눈물이 하염없이 흘렀습니다.

올해 1년을 충격에서 벗어날 수 없었습니다.

거의 미친 듯이 카메라를 들고 전국을 헤매며 사진을 담았지만 평생을 작업한 결과를 채울 수 없었습니다.

이제 한 해 동안 생각의 흐름을 정리한 졸작을 출간하기 위하여 다시 용기를 가져 봅니다.
알몸을 드러낸 것 같이 부끄러움이 앞섭니다.
숨김도 보탬도 없는 자신의 모습이 여과되지 못한 부끄러움입니다.
미완의 졸작을 출판하자고 용기를 준 박재홍 시인과 박지영 시인께 깊은 고마움을 표합니다.
마음을 비우고 다시 새로운 출발을 하는 마음으로 시작합니다.

올 한 해 동안 만난 하늘과 바람과 풀과 꽃 그리고 나무들…… 그리고 자연을 통해 자아의 물음과 깨우침으로 한 해를 살았습니다.
그리하며 이 시집은 전국에서 만난 모든 草木과 자연에 바칩니다.

2020년 11월 24일 늦은 가을에
최부암

언어의 앵글이 빗방울을 깨무는
그 소리들

최창일 | 시인, 이미지문화학자

최부암 시인의 표일飄逸한 시를 감상하면 아무렇지도 않게 청정한 형태의 언어가 따뜻하게 다가온다. 하늘과 자연의 노래를 들으면 중국, 소동파 시문이 보인다. 소동파는 대나무를 잘 치기로도 정평이 나있다. 사첩산은 동파의 대나무를 보고 있으면 바람소리 들린다 했다. 시인이 그림을 그리고 자연을 영상에 담는 것은 다양한 앵글을 갖는 것. 괴테는 여행을 통하여 보는 것들을 그의 문학에 발효시켰다. 최 시인은 자연을 앵글로 보고 듣는 영상 시인이다. 자연과 대화하고 자연에 순응順應하는 시인이다. 결국 시는 어디엔가 부딪히는 것이다. 결빙된 언어의 극점을 녹여 만든 이미지를 꺼내는 정신의 지문이다. 사물과 사람 사이의 바깥에 숨겨진 내가 알 수 없는 심연深淵의 싹을 틔운다. 포박된 아픈 영혼에 온기를 주려고 애쓰며 고독한 밤이 되기 일쑤다. 최 시인의 시는 자연과 사람 사이에 다리를 놓는다. 사람이 있는 곳에는 행복을 담상담상하게 투영의 묘미를 준다. 그리고 아주 느리게 다가오는 울림의 특징이 있다. 세상의 역사는 늘 서두름에서 온다. 시인의 시를 만나면 조용함이 바라보는 격정과 친화의 시선이 주인이다. 그 안에서 자기를 발견하고 자신을 투사한다. 넓은 의미의 모든 시의 추구는 인간에게 평화와 청정으로 안내하는 주제다. 한걸음 더 들어가면 사람에게 심미적 경험을 준다. 최 시인이 두 번째로 내 놓는 『출사 가는 길』은 사목자司牧者와 같은 경건이 흐른다. 시인이 바라보는 앵글은 사뭇 인문학적 숲이다. 시 앞에 마주선 독자에게 속삭인다. 우리는 모두 같은 곳의 우아優雅한 시를 만나게 된다고. 시인의 시를 마음에 담으면 세상에 내어 주었던 나의 마음들이 한 뼘 더 자라서 재회의 시간이 된다. 최 시인은 하늘과 대화하고 산천과 노니는 신능神能자처럼 보이는 것은 나만의 것일까. 이번 하늘, 산, 초목을 주제로 펴낸 시의 건축은 우리의 삶들이 근원적으로 다가온다. 최 시인의 시는 죽은 씨앗을 살려내는 시묘상詩苗商의 주인이다.

죽은 씨앗을 살리는 것은 턱없는 비현실이다. 시인만이 사유하며 언어의 건축을 통하여 재현할 뿐이다.

엘리자베스 여왕의 마차 속은 나무다. 비틀스가 부르는 '노르웨이 숲'의 가구도 나무다. 셰익스피어의 정원의 뽕나무는 셰익스피어에게 영감을 주었다. 에르메스 사과나무 가구는 튼튼하기로 정평이 있다. 레바논 국기에는 삼나무가 있다. 우리나라의 애국가에는 무궁화와 남산의 소나무가 있다. 이렇듯 역사는 자연이 주제가 된다. 시인이 자연을 노래하지 않으면 사람의 역사는 존재하지 않는다. 근 5년여 만에 펴내는 최 시인의 시는 하늘과 자연 사이에 시의 정원을 만든다. 그의 시는 자신을 노출하지 않고 자연의 파동을 유기적으로 불러들여 제시하고 결합한다. 서정시의 높은 수준을 구현한다.

최 시인의 첫 시집 『푸른 하늘 종이비행기』(2015. 개미)에서도 독자에게 주는 세련된 표현은 먼 북소리의 명징함이었다.

나는 최부암 시인이 장애인단체 회장직 시절부터 인연을 가졌다. 최 시인의 첫인상, 세상을 보는 앵글은 쏴아~ 청량한 세례를 받는 듯했다.

"생각하는 대로 살지 않으면 사는 데로 생각하게 된다"는 폴 발레리(1871~1945 Paul Valery) 시인의 말처럼 행동의 시인이다.

최 시인의 자연을 담아낸 잠언시를 독자와 만남이 설렌다. 그의 시 앞에는 시의 울창한 숲이 있고 시의 뒤에는 사막이 있을 뿐이다.

출사 가는 길

차례

4부
출사 가는 길

해설

출사 경험의 시적 형상화

1부

겨울 종착역

겨울 종착역

어느덧 겨울이 시작된다는 입동
초목의 손끝은 노랗게 시려 옵니다

아득히 높은 전봇대 끝의 갈까마귀
은밀한 집 짓고 시린 발 녹입니다

무서리 내린 산모롱이 배추 뽑는 날
파고든 골바람에 모골이 송연합니다

메마른 논두렁길 종종걸음 홀어미
귓전을 스치는 바람에 곤두선 머리칼

겨울로 가는 종착역에 서성이던 마음
추위가 미워 간절히 동면을 꿈꿉니다.

가을로 가는 길

겨울을 재촉하는 비는 내리고
회백색 빌딩의 담쟁이는 붉게 타오른다

한 세월은 그렇게 가고
또 세월은 이렇게 온다

삶을 돌아보면 인생무상이다
인생은 잠깐 머물다 가는 찰나의 순간이다

세상은 넓고 인생은 짧다
할 일은 많고 시간은 적다

무엇을 바라 탐하지 않았으나
미련의 앙금이 무겁게 퇴적해 간다

덧없는 시간의 흐름은
하늘에서도 땅에서도 흐르고 흐른다

방랑자여 무엇을 꿈꾸는가
그대의 종착역은 어디쯤인가.

강마을 출사

강마을에 산노을 내리면
이슬은 운무로 아롱지고
고요히 고요히 내일을 꿈꾼다
솔 향기 가득한 달무리 사이로
별들이 교교히 노래하는데

전설이 되어버린 이야기
구구절절 되새김하는 밤
현재는 잊혀도 기억은 생생한
어느 늙은이의 치매 같은 기억이
스멀스멀 등줄기 타고 흐른다.

공지천

호기심 가득한 낯선 길
언제나 다정한 풍경
어느덧
신록은 깊어져
짙푸른 강 언덕
멈춰 선
여행자 발길
하늘 가득 피어오른 뭉게구름
반짝이는 물비늘
물에 잠긴 산마루 反映
눈 시린 강마을
불타는 저녁놀
시름도 잊혀진
그곳

잠들지 못하는 이유

며칠 사이 신록이 짙어지고
검푸른 녹음으로 우거지더니
붉은 모란은 어느새 시들었습니다
땅거미 내려앉을 무렵
빼꼼한 창틈으로 들어온
아카시아 꽃향기가 가슴을 가득 채웁니다
햇살은 긴 그림자로 붉게 도시를 채색합니다
한낮 붉게 혹은 푸르게 또는 온갖 색으로 뽐을 내던
草花들이 어스름 초저녁잠을 청하지만
도시는 군상들의 귀갓길 소음으로
다시 깨어납니다
자동차 소리와 전조등 불빛
그리고 따가운 가로등 불빛으로
하나둘 세상을 다시 밝히기 시작합니다
불야성으로 금방 도시는 한낮으로 변해 버렸습니다
이젠 땅거미도 내려앉을 밤이 없습니다
풀도, 나무도, 꽃도, 땅거미도 밤을 잃어버려
잠들지 못합니다

〈
나도 잠들지 못합니다.

아름다운 세상

무음의 공간에서
더욱더 또렷이 들려오고
암흑의 공간에서
더욱 선명히 그려지는
머무르고 싶었던 순간, 순간들……

삶의 멍에가 어깨를 짓눌러 오면
지독한 우울증과 싸우다 지쳐
햇살 가득한 창가에 앉아
먼 하늘만 바라본다

꽃은 피고 지고
계절은 오고 또 간다

오늘도 쉼 없이 떠 가는
구름 같은 세상
세상을 파인더에 가두다가
또 하루가 간다

〈
코로나19가 꽁꽁 묶어버린 세상
그래도 아름다운 세상.

봄날의 출사

이지러진 달빛이
한강을 교교히 흐르고
세상은 화려한 조명으로
화장을 했는데
도시의 속살은 의연한 척
신음만 토한다

행여
코로나19 바이러스에 전염될까 봐
입과 코를 가린 군상들은 두려움 속에
온 나라가 들썩인다
세상이 두려움에 떤다

달무리 사이로
봄이 사알짝 고개를 내밀었는데
누구도 봄을 위한 세레나데를 부르지 못한다
비겁하다

어두운 밤공기가 그리 밉지만 않은데
잔뜩 움츠린 어깨의 소심함이 슬프다
내일은 나라도 당당히 카메라 둘러메고
봄맞이 가야지.

행복

육체의 살은 빠져서 가볍고
마음의 살은 늘어서 무거워
그래서 조금은 외로워진
어깨.

이래도 저래도 살아내야 하는
삶의 무게가 버거운
영과 육의 갈림길.

아직
세상을 올바로 볼 수 있는
총기 있는 눈이 살아 있어
행복한 오늘.

여름 호숫가에서

하늘 향해 잔디밭 누우면
바람 따라 흘러가는 흰 구름
하늘은 풀향기 가득한 수영장

풀숲 벌레는 지구별 합창대
어스름 빛나는 하늘가 저녁
푸른 하늘은 즐거운 노래방

호숫가 저녁놀 불 밝힌 수련화
몰려갔다 몰려오는 떼 잠자리
연자밥 익어가는 한여름 저녁

그리움

숲속
바람과 풀잎의 밀어가
조잘조잘 들리는 소리

눈 감아도 보이는
풀 향기 상큼한 초록빛
행복한 코끝

소곤소곤 들릴락 말락
바람과 나뭇잎의
새파란 속삭임

숲속에 서면
보고 싶은 너의 목소리 낭랑하게 들려.

바닷가 일몰

살랑살랑 부는 바람
피어나는 뭉게구름
하늘 끝까지 흐르고

수평선
아득히 멀리
붉은 하늘이 탄다

어스름 초저녁
노을이 불타면
또 하루가 저물어 간다.

반추

삼라만상 올라
세상 뒤돌아보면
아득히 먼 곳까지
선명히 볼 수 있다
새로운 요지경이다
살아갈 날보다
살아온 날이 더 많은 뒤안길
다시 뒤돌아보면
모르고 지나온 길이
그곳에 또 있었다
덧없이 지나버린 시간이
아쉬워 영롱히 빛난다
미완의 기억들이 모자이크로
햇살에 애틋하게 부서진다
산마루 꼭대기에 올라서서
지나간 시간을 되돌아보면
세상이 환히 보인다
살아온 날이 환히 보인다

살아갈 날이 환히 보인다.

자아도취

발코니 창가
유리창 풍경
세상의 소음은 단절되었지만
창밖의 군상들은 이리저리 바쁘다

소음이 단절된 공간엔
라벨의 볼레로가 중독성 음률로 가득 채운다
덩달아 스테레오의 볼륨을 높인다
도취된다

마음은 선율에 실려
이미 세상을 날고 있다.

2부

장미

거리에서

여행은
끝없는 호기심과
설레임으로 가득 찬다

낯선 거리
이정표 없는 길모퉁이
가득 찬 설레임은 외로움이다

다시 그 외로움은
아프라삭스의 새처럼
새로운 희망으로 태어난다

그리고 세상은
새로운 자아로 번뜩이게 한다
내 자신을 바라본다.

참회록

헤낭낙 인생이 즐거울 때에는
자신의 능력인 줄만 알았습니다.

세상과 싸우면 두려움 없어
용감한 줄만 알았습니다.

어둠을 용기만 있다면
헤쳐나갈 수 있으리라 확신했습니다.

슬픔에 빠져 기도만 하면
눈물이 마를 줄 알았습니다.

찌들어 힘겨울 때 기도하면
소원이 이루어지는 줄 알았습니다.

잘못하고 눈물을 흘리면
용서되는 줄 알았습니다.

그러나
진정한 참회가 없으면
의미가 없다는 것을 깨달았습니다.

입술로 기도하는 것은
의미가 없다는 것을 깨달았습니다.

눈물로 후회하는 것은
의미가 없다는 것을 깨달았습니다.

때를 잃고 후회하는 어리석음은
두 번의 기회가 없는 것이 인생이기 때문입니다.

남천(만추2)

꼭꼭 숨기고 숨겨
남몰래 익은 그대
붉은 수줍음
그대 사랑입니다

봄은 꽃피고
여름 견디어
마침내
오늘
멍들고 빛바랜 이파리로
대견히 품어 안은
그대는 사랑입니다

긴 세월
감추고 숨겨
알알이 붉게 익은
그대를 사랑합니다

타는 놀
붉게 익은
그 사랑
무서리 내리기 전
고이 간직하소서

그대
망막 깊이 감추어
고이고이 두고두고
빠알간 그대를 사랑합니다.

분재

햇살 다정한 창가로
유배된
분재

네 고향은 어디니?
아름답다고
보기 좋다고
자라지 못하게
삶을 구속해 버린
키 작은 나무

너도
장애인이구나.

우롱차

당신이 생각나는 밤이면
깊이 잠자던 기억이 깨어나
그리움으로 피어난다

따듯한 찻잔 가슴에 안으면
그리움 향기로 피어올라
뜨겁게 뜨겁게 끓어오르면
어느덧 찻잔은 싸늘히 식어 있다

그리워 그리워서
다시 또
찻잔 가득히 채우면
그리움 향기 넘쳐 흐른다.

매미

뜨겁게
더 뜨겁게
여름을 살라 먹고
다시 못 올 不歸의 길에서
忍苦의 고통으로
몸부림치다가 끝내
살을 에는 고통으로 허물 벗고
비로소 태어난 세상
목 터지게
귀 찢어지도록
솔숲에 숨어 울어대는
여름날
한철 살다 떠나갈
매미의 덧없는
삶.

짧은 청춘에
서러워 말아라

누구나
삶은 한 번 왔다가
이렇게 가는걸.

6月

새빨간 앵두
붉은 수줍음 감추고
선홍빛 요염한 자태를
뽐내고 있어요

순진한 내 가슴은
해멀죽 설레입니다

찰칵이는 셔터는
내 심장처럼 터질 듯합니다

6월은
익어가는 순간을
얄밉게 뽐내고 있습니다

가는 계절 아쉬워
내 가슴의 파인더에
영원히 가두었습니다.

장미

빼어난 향기
요염한 자태
난 사랑에 빠져버렸나 봐

너만을 바라보느라
시간 가는 줄 몰랐어

눈 시린 햇살에
땀이 등줄기로 흘러내려
온몸 다 적시고 나서
너와 마주하고 있는 줄 알았지 뭐야

배고프다 지친 카메라
배터리 경고에
비로소 한나절을 햇빛 속에 있는걸 알았어

누워도
눈감아도

아직도 아른거리는
네 모습

나 사랑에 빠졌나 봐!

경포대

비바람 폭풍으로 지새운 밤
마음 둘 곳 없어 설친 선잠
목 높여 우는 물새가 깨운 첫새벽

푸른 바닷가
어디가 하늘 끝이고
어디가 바다 끝인지 알 수 없는
눈 시린 바닷가

솔향 가득한 금빛 모래밭
투명한 바람
마알간 햇살
푸른 하늘을 우롱하는 물새
춤추는 하얀 파도

수평선 너머로
희로애락 모두 버리고
無我에 빠진다.

흔적

햇살 조각보다 더 많은
무수한 날들의 추억
말없이 왔다가 지나간 자리에는
세월의 흔적조차 남은 게 없다

기억도 희미해진 지난날 단상이
안개같이 증발해 사라져 버렸다
존재의 의미도
체취의 흔적도
이제는 없는 님이여
그것을 누가 기억할까
누가 기억이나 해줄까

*세상과 작별한 둘째 형수를 기리며…….

행복 2

붉어서 탐스럽고
향기로워 더 어여쁜 장미
나도 저렇게 화려한 날 있었노라

그러나
지금이 더 행복한 것은
장미꽃보다 아름다운
진실을 볼 수 있는
충실한 慧眼(혜안)이 아직 남아 있으니
그 얼마나 아름다운 행복인가?

해당화

동해 바닷가 울진 해안선은 깊고 푸르러
깊이 알 수 없는 당신의 눈빛을 닮았어

어디가 끝이고 시작인지 알지 못하는 수평선
넓이 알 수 없는 당신의 마음을 닮았어

은빛 모래성에 피어난 붉은 꽃
기다림에 지쳐 붉게 멍든 그리움

터질 것 같은 붉은 열매
탐스러운 당신 입술 같아

만선으로 온다던 님 기다리다 지쳐
할매 되어버린 아낙의 애설픈 전설

오늘도 님 기다리다가
망부석(望夫石)으로 피어난 붉은 해당화.

여름

밤새운 천둥과 폭우에 **씻겨간**
세상의 민낯이 예쁘게 **빛난다**

새파란 이파리 무성한 강가에
아이들 물놀이 하루가 저물고

개울가 개구리 밤새워 우는데
옛 생각 설친 밤 냇물에 **띄우면**

외나무다리에 맴돌다 맴돌다가
흐르고 흘러서 어디로 갈거나

그 시절 철수도 영이도 보고파
성하의 계절에 그리운 옛 생각

3부

억새의 密語

雲林山房

秋夜長 밤새운 바람은
나목에서 울다가
까치밥을 더욱더 붉게 만들었구나

푸르게 시린 하늘 우러러
소치의 붓끝 묵향이 아련히 스치면
연못 배롱나무도 고요히 진저리치니

하늘과 땅도 신이나
빼어난 풍광으로
숲을 그렸구나.

봄이 떠난 자리

따듯한 햇살
봄이 떠나려 할 무렵
앵두꽃 발그레 수줍어하더니
봄은 다시 주저앉아 버렸다

선홍빛 철쭉은 터질 듯 솟아오르고
연보라 제비꽃 수줍게 피어나던 날
가녀린 꽃마리 햇살 머금고 팔랑이니
새빨간 명자꽃 해낭낙 즐겁게 웃는데
붉은 동백은 꽃잎 뚝뚝 떨구고

더 머물 수 없어 일어선 봄
가지 말라고 애원하던 벚꽃은
밤새운 벤치에 꽃비로 내려앉고
빈 의자는 하얗게 빛난다.

억새의 密語

황금빛으로 물든 세상
갈바람에 흩날리는 금빛 머릿결
외로움 부대끼는 억새의 앙마른 密語
소스라친 산새도 울음을 멈춘 초저녁
해질녘 앙상한 날파람은
억새를 더욱 으악스럽게 울리고
황혼으로 익어버린 가을하늘
풀벌레도 목놓아 구슬피 우는데…….

무궁화

이른 아침
앞산 언덕
한 바퀴 돌아서면

밤이슬 흠뻑 젖은
분홍빛 네 모습
햇살에 발갛게 익은 몸

어둠 먹고 태어난
농익은 꽃잎
흉내 낼 수 없는 자태

시선을 멈추게 하는
이 아침
조금 늦으면 어쩌랴!

당신의 고운 자태
마음 준 아침

이 순간이 행복인 것을……

새벽길

이슬에 젖은 첫새벽 산책길

가슴 깊이 안티푸라민을 바른 것 같아

아냐, 입안 가득 은단을 털어 넣은 느낌

어쩜, 치약으로 입안을 갓 헹군 느낌

암튼, 입안 가득 박하사탕 머금은 느낌이었어……

궁평항十五夜

달빛 교교히 흐르는 궁평항
이슬 젖은 낚싯대를 비켜 앉으니
비린내 가득한 선착장도 잠들었다
세상 모두가 고요히 잠들고 말았다

십오야 둥근 달 파도에 부서지니
월광에 취해 은하수에 빠진 여명이
소스라쳐 일어나 긴 하품하는 새벽

심연으로 빠진 칠흑 같은 세상
어둠 박차고 히벌떡 일어서는 태양

늙은 아비 실은 통통배
숨 가쁜 기침을 토하며
수평선 너머 아득히 멀어져 가고

붉은 해 여명을 태우니
세상은 더 빨갛게 밝아오고

장엄한 하루가 시작된다.

여행자의 하루

길 떠나 멈춘 바닷가
미지의 세상은
낯설음으로 가득한 설레임!

철썩이는 파도
반짝이는 돌멩이
은빛 모래밭
눈 시린 햇살
푸른 하늘의 뭉게구름
파란 바닷가 수평선
바닷속으로 쏟아지는 별빛 은하수
그 어느 것 하나
설렘 없이 만날 수 없는
드넓은 세상.

노을이 붉다
하늘이 탄다
하루가 진다

오늘이 저물어 간다

길 떠나는 방랑자의 외로움보다
하루를 보내는 외로움을 아는 자만이
정말 외로움을 안다

오늘 하루도 잘 살았느냐고
오늘 하루도 얼마나 외로웠느냐고
내게 묻는 그 하루가
서쪽 하늘에서 붉게 웃는다.

가을 연가 3(비움과 채움)

생각의 흐름을 멈추고
마음을 하얗게 비웠다

마음을 비움은 쉬운데
욕심을 버림은 되지 않는다

다시 채우기 위한 비움은
미련과 탐욕을 버리는 일

오늘도 집착의 빈 마음에
가을바람만 잔뜩 채웠다.

맥문동

비바람 태풍이 쓸고 간 자리
햇살 가득 눈 시리게 빛난다

솔밭 사이 보랏빛 향연이
마음을 설레게 한다

출사를 떠나온 진사들은
온통 보랏빛 눈빛으로 번득인다

보는 이의 눈 속에 있는 세상
내 눈 속 세상은 어떤 모습일까?

불확실성의 세상

대낮부터
천둥 번개, 소나기가 지나는가 싶더니
초저녁 무렵
하늘은 성이 덜 풀렸는지
한바탕 또다시 요란을 떨고
잠잠해졌다.
선선한 바람도 분다

비바람 뇌성벽력이 지나간 자리
어둠 내리더니
줄초상 곡성처럼 쉼 없이 울어 대는
풀벌레 청승이 외롭다

세상을 구한다며
광화문 광장을 가득 메운 집단이
퍼뜨린 코로나 온 나라가 뒤집혔다

찬성도 나라를 위함이고

반대도 나라를 위함이니
진정한 진실은 무엇인가?

내일을 알 수 없는 세상
지금 우리는 안개 속에 산다
오리무중 속을 헤매는 바보들이다.

장마

비가 오락가락 쏟아지다 그치고
햇살이 났다가 다시 지고
구름이 흐렸다 개이고
개었다 또 흐리고
하늘이 밝았다가 어두워지고
폭우에 물난리 홍수……
이제는 태풍에 비바람 폭풍까지
어떻게 할 거야!

작금의 세상
작금의 민심
누가 바로잡아 줄 거야
모두가 옳다고 하니 누가 정의야
하늘이 노했으니 어떻할꺼야……

생존 방식

삽교천
어스름 저녁
해가 긴 그림자를 동반할 때
사람들이 달려드는 갈매기를 보기 위해
던져주는 과자를 먹으려 경쟁하듯
떼로 달려들어 먹이를 낚아채 간다
황혼이 짙은 해변가 먹이 경쟁 위해
모여든 갈매기들로 소란스럽기 짝이 없다.
요즘 갈매기들의 새로운 삶의 방식이다.
팍팍한 경쟁 시대 변해야 산다
갈매기처럼 생존의 방식이 변해야 산다.

응원합니다

비가 금방이라도 쏟아질 것 같은
음산한 기운이 내려앉아
무거운 오후입니다
그래도
높은……
더 높은 곳에서
태양은 찬란히 빛나고 있다는 걸
당신은 아실거예요

오늘은
코로나 바이러스 퇴치를 위해
수고하시는 모든 분 응원합니다
힘내세요

코로나 감염에 고통받는 이들이여
치료 잘 받으시면 회복됩니다
응원합니다

코로나 전염될까 발길 끊긴
골목 상인들이여 조금만 더 견디세요
응원합니다

일어서라 대한민국
다시 일어나는 대한민국
대한민국 화이팅!

4부

출사 가는 길

비애

가을의 끝자락을 간절히 붙잡은 낙엽처럼
내 육체의 건강도 가을의 낙엽을 닮았습니다
어깨 근육 파열의 최종 진단을 받고
인공관절 수술 후 훈련을 통하면
재활이 가능할 줄 알았습니다
그러나 두 다리 대신 팔로만 의지하는 내게는
인공관절조차 오래 견디지 못하니
더 견디기 어려울 때
마지막 방법으로 사용하자는 의사의 조언에
어깨 고장으로 아픔과 고통을 견뎌야 하는
자신을 생각하며 돌아오는 길은 참으로 씁쓸했습니다.
그냥 이렇게 살라는 의미로 정의하니
그래도 마음은 더 편해졌습니다
살아온 내 일생이 그랬으니까요.
인공관절을 넣어 내 인생이 바뀔 수 있다면
떼를 써서 수술해달라고 조를 수도 있겠지요.
하지만 그렇지 못하다면
내겐 큰 의미가 없을 것 같습니다.

어차피 아픔의 통증도 인생에 있어서
하나의 장신구를 더 추가한 것에 불가하니까요.
지나온 시간을 반추하며
돌아오는 병원 길 가을은 참으로 아름다웠습니다.

"모파상의 여자의 일생" 마지막 말처럼
그렇게 불행하지 않고 그렇다고 그리 행복하지만도 않
은 것이
자신의 일생이라던 말이 떠오릅니다.
지나온 내 질곡의 삶도 되돌아보니
나도 그런 것 같습니다.
울었던 날보다
웃었던 날이
분명 더 많았던 것 같습니다.

영하의 첫 추위가 엄습한 날
햇살은 퍽 따뜻합니다.
그래서 이 가을이 더 아름답습니다.

가을밤

가을 하늘 깊은 푸르름은
마음의 고향 가슴을 닮았어요
고요한 호수의 반영 같은
세상을 달관한 평온을 닮았어요
당신 마음을 닮아 푸르게 맑은 하늘가
그리다 그리워하다가 이제는 붉게 물드는군요
어둠이 내려앉는 하늘가
붉은 노을에 그리움 띄워 보내면
밤새워 은하수 건너 그대 곁에 다다를까요?

1m 높이의 세상

태풍 "미탁"이 지나간 자리
종일 내린 비로 씻겨간 하늘
맑고 깨끗하게 빛나는 세상입니다

아침나절
산책길은 꽃들과 나무들이 투명하게 빛나고 있습니다
풀벌레 소리도 새들의 지저귐도 없는 고요함이
적막한 외로움으로 가슴에 들어와 앉았습니다

아하!
벌써 가을을 타고 있나 봐요
덩치는 소만 한데 가슴은 유리로 만들어졌나 봐요

1m 높이로 만나는 세상도 참 아름다워요
세상은 보는 이의 눈 속에 있다는 것을
사람들이 알았으면 좋겠어요
슬픈 눈으로 보는 세상은 슬프고
즐거운 눈으로 보는 세상은 즐겁다는 걸 당신은 아실

까요?

내 시선에 멈추어 가두어진 사진
내 눈에 비친 세상은 어땠을까요
어떤 색깔의 느낌이었을까요
어떤 행복을 담았을까요
어떤 슬픔을 담았을까요
어떤 기쁨을 담았을까요
카메라 속에 담긴 내용이 궁금해
귀갓길 발걸음 더욱더 빨라집니다.

커피

1

뜨겁게 조용히 마주한 당신
까맣게 타버린 애절한 향기
어느새 비워진 아쉬운 커피

2

뜨거운 시선이 가슴에 들어와
놀라서 급하게 삼킨 한 모금
살짝이 외치는 한마디 앗뜨거!

3

눈꺼풀 충혈된 나른한 오후
졸린 눈 비빈 게 언제였을까
그대를 본 순간 잠이 깨었어

4

스쳐 간 향기 그리운 당신
마음속 깊은 잠 흔들어 깨웠어

달려가 커피자판기 동전 넣었지

새벽에

그대가 보고파 질 때면
텅 빈 들판을 스치는 바람처럼
소리 없이 다가옵니다

그대를 그리워하면
떠가는 흰 구름으로
아무도 모르게 다가옵니다

그리움 달래어 눈 감으면
여명의 하늘은 고요히 고요하게
시나브로 시나브로 다가옵니다

무서리 내려앉은 푸른 새벽
밤 같은 하얀 어둠처럼
다정히 다가옵니다

귓전을 맴도는 나지막한 부름은
해질녘 그림자처럼 온화한 빛으로

소리 없이 다가옵니다

알 듯 모를 듯 시작하는 봄날
휘파람새의 날갯짓처럼
소리 없이 다가옵니다

이 아침
당신에게 온전히 바칠 수 있는
깨끗한 새벽으로 안기고 싶습니다.

한강

슬프도록 아름다운 풍경을 만났을 때
가끔은 자신을 버리고 싶을 만큼
나약한 모습이 미워서 서럽게 울었다

하늘의 구름처럼 사라질 삶이지만
의연하게 살게 해 달라고 컥컥 울었다
차가운 바람이 비웃고 지나 간다

한강은 맑은 물도 되었다가 푸른 물도 되었다가 흙탕
물이 되었어도
유유히 바다로 흘러가는 강물
오늘도 부끄럼 없이 당당히 흐르는 한강 물

호로고루 성지

임진강 도도히 흐르는 평야에
천오백 년의 역사를 간직한 호로고루 城
고구려 군사의 함성이 들리는 듯
강물 흐르는 숨소리가
성지 정상까지 거칠게 들려온다
고구려 땅 남단 끝
광개토왕의 碑가 우뚝 버티어 선 발아래
만발한 해바라기가 그 시절을 우러러 본다.

고목나무

힘들게 살았어요
새들이 구멍을 뚫고 집을 지어도
태어나 어우렁더우렁 즐겁게 살았어요

한 줌 시린 하늘 보면 눈물겹고
솔바람을 부러워했어도 시샘은 안 했어요
눈 내리는 겨울 추위도 울지도 않았고요

이정표 없는 골목길 모퉁이 껴안고
허리도 굽었지만 참 잘 견뎌냈어요
하지만 사랑의 그리움도 이별의 아쉬움도
긴 세월 앞에서 무뎌가요

그러던 어느 날 깨달았어요
다정하게 감싸주던 햇살과
코끝을 간질이던 살랑 바람이
내 곁에 머물던 당신이었다는 걸요

봄의 희망을 알려주는 새들과
세월의 오고 감을 알려주는 계절이
그대가 내 연인 내 님이지요
이젠 알아요.

산노을

빠알간 하늘이 어두워지기 전
산모롱이 뱅뱅 돌아서 왔어요

해걸음 총총히 먼 산길 넘으면
구름 속으로 숨어든 수줍은 햇살

따스한 미소로 붉게 웃는 태양이
작별의 손짓으로 고요한 초저녁

잘 살아냈느냐 묻는 오늘에게
환하게 미소 짓는 붉은 산노을.

아침 독백

어제 같은 오늘이라 거기서 거기라고
함부로 말하지 않기로 해요

인생이 여기까지라고
미리 포기하지 말고 푸른 꿈 키워봐요

삶을 아끼고 사랑하기
세상을 미치도록 사랑하기
자신을 눈물 나게 사랑하기

아픔으로 죽지 않을 만큼 아파하면
아픔이 오히려 백신 되어 치료되는 날

눈부시게 맑은 아침 이슬처럼
환하게 웃어 보자요 크게 웃자요.

출사 가는 길에서

새벽 햇살
이슬 머금은 아침

당신과 동행하면
발걸음 가벼이 떠날 수 있어요

하늘은 푸르른 그리움 닮고
바람은 잠들어 드맑은 창공

파인더에 들어온 설레인 세상
하마냥 부푼 방랑자의 셔터

당신이 내 눈이면
나는 그대의 손가락

순간을 간직한 찰나의 시간
우리의 사랑도 영원히 가두었지

눈 감고 조용히 귀 기울이면
귓전에 순간의 소리가 들려와요.

정기진료

아무 말 없이
마른 낙엽 뒹구는 그 길을
그냥 갑니다
낙엽 수북한 길에서
그대가 불러 세웁니다
마음이 불러 세웁니다
첫눈입니다
첫눈이 옵니다

몇 달을 기다려 마주한 주치의
"다 괜찮아요" 한마디로 끝이다
그리고 또 3개월 후 약속이다
이 말 들으려 5시에 일어나
피검사 소변검사 당뇨검사 간 기능검사……
대면 3분이면 끝이다
그리고
또다시 터덜터덜 왔던 길 돌아
흰 눈 위에 휠체어 바퀴 남긴 채

그림자 함께 돌아가는 그 고요함
바람이 쓸어간 고즈넉한 한 시간
네 이름 불러 "괜찮아" 위로하고
네 마음 불러 "잘했어"
칭찬으로 돌아가는 길
이른 새벽 바람맞으며 한마디 듣고
중천 하늘 보며 터덜터덜 돌아갑니다.

출사 경험의 시적 형상화
— 최부암 제 2시집 『출사 가는 길』의 시 해설

김관식 | 시인, 문학평론가

1. 프롤로그

최부암은 사진작가이며 시인이다. 사진을 찍기 위해 전국 방방곡곡을 다니며 우리나라의 인문지리를 탐색하고 순간을 포착하여 카메라에 담아낸다. 사진은 순간의 이미지를 포착한 영상이다. 오늘날 핸드폰 문화가 생활화되면서부터 사진의 영상기술은 우리들의 생활 기록을 포착하는 수단이 되고 있다.

디지털 리터러시 시대에 사진은 생활의 일부분이 되고 있고, 문자문화에 의존하는 문학의 영역은 미디어에 밀려나고 있다. 오늘날은 알렉산드르 아스트뤽(Alexandre Astruc)은 『카메라 만년필설』을 주장했듯이 사진이 만년필의 역할을 하는 시대이다. 따라서 "미래의 문맹자는 문자뿐만 아니라 카메라를 다룰 줄 모르는 사람이 될 것이다."라는 예측이 현실화되고 있다.

문학과 시각 이미지의 상호 관계를 활용한 표현방식의 일종인 핸드폰의 사진찍기 기능과 문학의 표현 수단과 결합하여 디카시가 통용되고 있다. 문학과 시각 이미지가 상호 결합은 오랜 역사를 가지고 있다. 일찍이 중국에서 시와 그림은 상호 긴밀한 연관 관계를 맺으면서 발전하여왔고 우리나라도 마찬가지다. 그림 속에 그림으로 표현할 수 없는 내용들을 그림 한쪽에 문자로 표현하는 제화시가 있었다.

최부암 시인의 시는 시와 사진이 결합하는 방식이 아니라 사진을 찍기 위해 출사를 나간 여러 가지 경험을 재구성하여 쓴 사진작가의 시라고 할 수 있다.

따라서 최부암 시인의 두 번째 시집『출사 가는 길』에 수록된 51편의 시를 살펴보기로 한다.

2. 출사 경험의 시적 형상화

1) 출사 경험과 자기 성찰의 형상화

허드슨(W. H. Hudson)은 『문학연구서설』에서 예술은 자기를 과시하려는 본능에 의하여 창작되어 진다고 주장하고 시에 대해서는 "시는 상상과 감정에 의한 생명의

해석"이라고 했다. 그의 주장에 따르면 시는 과학적 사실과는 상이한 시적 진리를 지니고 있으며, 우리가 알지 못하는 인간의 경험세계나 자연세계에 있어서 감정적 미와 정신적 의의에 대해 눈을 뜨게 해줄 뿐만 아니라 계시력이 있다고 보았다.

우리가 시를 쓰는 것은 살아있는 동안 자기 존재의 정당성을 남에게 알리는 자기 표현의 본능이 있기 때문에 많은 사람들이 예술작품으로 자신을 표현한다. 모든 예술 분야가 표현방법을 달리 하지만 그 심리만은 동일할 것이다. 유한한 인간의 존재를 영속시키려는 본능을 물질적인 재화를 기본으로 하여 자신의 취미와 선호도에 따라 예술, 학문, 체육, 문화 활동, 자신의 존재를 오랫동안 보존하기 위한 생명 연장 활동으로 건강증진 활동 등 등 여러 가지 방법으로 다양한 분야를 선택하여 그 분야의 일에 집중한다.

어느 분야를 선택하든 나름대로 다 의의가 있으며, 모두 상대적인 가치를 지녔을 뿐 절대적인 우위의 가치는 존재하지 않는다. 인간으로서의 생명 활동을 유지하기 위한 필수적인 생존 방식은 각자의 생활환경이나 습득된 경험에 따라 상이할 것이다. 사람들이 공동생활을 하면서 서로의 상이한 생존 방식들이 공통된 이익으로 합의가 되었을 때 그들 집단의 문화를 형성하게 되는 것이다.

최부암 시인은 휠체어에 의지하면서도 비장애인들의

활동영역을 뛰어넘어 사진을 찍기 위해 우리나라 곳곳을 출사하여 카메라 셔터를 누르기도 하고, 출사 경험을 통해 느낀 것들을 시로 풀어내기도 하는 사진작가이며, 시인이다.

제1부 「겨울 종착역」에서는 시골 마을로 출사를 나간 겨울의 쓸쓸한 마음을 표현했고, 「가을로 가는 길」과 「반추」는 가을날 낙엽이 떨어지는 모습을 보고 자신의 인생의 뒤안길을 돌아보는 자기 성찰의식을 진술하거나 지나온 과거를 되돌아보는 성찰의식을 표현한 시이다. 자기 성찰은 냉철한 자기 존재에 대한 인식을 바탕으로 사색하는 데에서 비롯된다. 이러한 자기 성찰 때문에 최부암 시인이 잠에서 깨어나 「잠들지 못하는 이유」가 되고 있는 것이다. 경자년 코로나19가 발목을 잡아 우리나라는 물론 지구촌의 문화가 바뀌고 있다. 집안에 틀어박혀 사회적 거리 두기로 행동 양식이 변하고 서로 만남이 자유롭던 인간관계가 만남보다는 미디어로 소통하는 문화로 바뀌어 모두들 답답해하고 있다. 사람들은 답답해해도 자연현상은 변함이 없이 펼쳐짐을 「아름다운 세상 그래도 꽃은 피었다 진다」로 진술하고 있다. 코로나 시대, 사진작가들의 고충은 마음대로 출사를 가는데 제약이 따른다는 점에 있을 것이다. 코로나의 두려움으로 집 밖을 나서려면 마스크를 써야 하는 번거로움은 물론 두려움 때문에 사람들이 운신하기 어렵게 되었다. 모두 방안에 틀

어박혀 움츠린 생활을 하고 있다. 그러나 그 답답함을 벗어나기 위해 봄날 용기를 내어 출사했던 경험을 「봄날의 출사」로 진술하고 있다. 그리고 가장 기억에 남은 「강마을의 출사」 경험을 진술한 시로는 강원도 춘천의 「공지천」으로 출사한 경험을 진술하고 있다. 「일상」이 자유롭지 못하지만 그는 틈틈이 자연을 찾아 나선다. 「여름 호숫가에서」와 숲속의 그리움, 그리고 집으로 돌아와 고단한 피로와 도시의 소음을 차단하기 위해 그가 또 다른 취미활동을 통해 「자아도취」 되어 음악을 즐기는 것이다.

발코니 창가
유리창 풍경
세상의 소음은 단절되었지만
창밖의 군상들은 이리저리 바쁘다

소음이 단절된 공간엔
라벨의 볼레로가 중독성 음률로 가득 채운다
덩달아 스테레오의 볼륨을 높인다
도취된다

마음은 선율에 실려
이미 세상을 날고 있다.
―「자아도취」 전문

음악은 우리의 정신적인 위안을 주는 예술이다. 음악을 들으면 복잡한 감정들을 정화시키는 효과가 있어 정신건강에 좋다고들 한다. 그가 늘 듣는 "라벨의 볼레로"는 스트레스를 풀어주고 정신건강을 위해 필요한 취미활동일 것이다. 사람의 행복은 물질을 많이 소유한다고 해서 행복감을 주지 못한다. 반드시 정신적인 문화 활동을 수단화하지 않고서는 행복감을 만족시킬 수 없다고들 한다. 배고플 때는 생존을 위해 맛이 있고 없고를 떠나 모든 음식을 먹지만, 배 부르고 생활하는데 지장 없는 물질을 가지고 있을 때 맛있는 요리를 찾아다니며 맛을 보는 식도락의 문화가 행복감을 성취시키는 것과 같이 인간은 물질을 많이 가질수록 품격있는 의식주 문화로 자기를 표현하여 남에게 과시하려고 한다.

1부 「겨울 종착역」은 출사 경험의 이야기와 코로나로 집안에 틀어박혀 있는 답답함, 그리고 자기를 뒤돌아보는 자기 성찰의 시 13편을 담아놓은 것들이다.

2) 자연물에 대한 애정, 그리고 여행지의 정경 스케치

2부 「장미」는 출사를 위해 여행하면서 보았던 자연물을 노래한 시 13편이 수록되어있다. 「여행길에서」 느끼는 설레임과 외로움을 그렸고, 「참회록」은 자기 성찰의 식에서 자신의 잘못을 뉘우치는 기도와 깨달은 자술서이다. 「남천」은 중국이 원산지인 정원수로 '어려움을 극복

하고 부정을 깨끗이 한다' 라는 뜻과 통하므로 귀신이 출
입하는 방향이나 화장실 옆에 심기도 하는데 붉은 열매
가 주렁주렁 탐스런 약용식물이기도 하다. 신사임당의
화조도에 남천이 등장한 것으로 보아 오래전에 중국에서
우리나라에 들어온 식물인 남천에 자신의 감정을 이입하
여 진술한 시이다. 그리고 사람들이 자라지 못하게 가지
를 잘라내고 비틀어버린 「분재」, 「우롱차」에 대한 생각
들. 「유월」과 「여름」 등의 계절에 대한 생각들과 「장미」
의 아름다움, 「매미」에 대한 상상력, 강릉의 「경포대」를
여행한 여행지의 풍경과 생각들을 시로 스케치해놓았다.

비바람 폭풍으로 지새운 밤
마음 둘 곳 없어 설친 선잠
목 높여 우는 물새가 깨운 첫새벽

푸른 바닷가
어디가 하늘 끝이고
어디가 바다 끝인지 알 수 없는
눈 시린 바닷가

솔향 가득한 금빛 모래밭
투명한 바람
마알간 햇살

푸른 하늘을 우롱하는 물새
춤추는 하얀 파도

수평선 너머로
희로애락 모두 버리고
無我에 빠진다.
　　　　—「경포대」전문

　폭풍우가 몰아치는 밤 경포대를 여행한 소감이다. 한 눈에 들어온 경포대의 정경에 느낌을 담담하게 기술했다. 화자 자신이 그 경치에 도취 되어 "無我之境"에 빠져 버린 몰아일체의 경험을 진술하고 있다.

　이 밖에도 돌아가신 둘째 형수를 기리는「흔적」,「행복」에 대한 단상, 동해안의 울진 바닷가에 핀「해당화」에 대한 느낌 등 계절에 대한 생각과 다양한 자연물에 대한 애정, 그리고 여행지의 정경을 스케치한 시들을 엮어놓았다.

3) 코로나 시대, 희망의 메시지

　3부「억새의 密語」는 출사와 여행지의 여러 가지 감상과 최근 코로나 시대, 생활문화의 대변혁을 가져와 사회적 거리 두기로 경제활동에 제약이 뒤따르고, 서로의 만남이 자유롭지 못한 최근의 상황에서 코로나 예방을 위

해 헌신하는 의료진들에 대한 격려의 메시지와 함께 대
한민국 국민에게 다 같이 이겨내자는 희망의 메시지를
「응원합니다」로 전하고 있다.

비가 금방이라도 쏟아질 것 같은
음산한 기운이 내려앉아
무거운 오후입니다
그래도
높은……
더 높은 곳에서
태양은 찬란히 빛나고 있다는 걸
당신은 아실거예요

오늘은
코로나 바이러스 퇴치를 위해
수고하시는 모든 분 응원합니다
힘내세요

코로나 감염에 고통받는 이들이여
치료 잘 받으시면 회복됩니다
응원합니다

코로나 전염될까 발길 끊긴

골목 상인들이여 조금만 더 견디세요
응원합니다

일어서라 대한민국
다시 일어나는 대한민국
대한민국 화이팅!
—「응원합니다」 전문

「응원합니다」는 코로나19 바이러스가 세계 각국을 휩
쓸어 나라마다 방역에 신경을 곤두세우고 있는 상황이
다. 다행이 발빠른 방역으로 세계 다른 나라보다 우리나
라는 코로나19 월등한 방역 대처능력을 보였다. 우리나
라의 긍지심이기도 하지만 방역에 불철주야 힘쓴 의료진
들의 피와 땀의 결과라 할 수 있을 것이다. 정부의 방침
에 잘 따라준 국민의 질서의식이 위기를 슬기롭게 대처
해나가리라 확신한다. 코로나로 힘든 골목 상인들과 방
역에 힘쓰는 의료진 등을 위로하는 시다. 이와 같은 맥락
으로 「불확실성의 세상」과 「장마」에서는 코로나 시대의
여러 사회 현상에 대한 사회적 상상력을 전개했다.
　「雲林山房」은 진도군에 있는 조선 말기 허련의 그림
그리는 화실이다. 이 화실을 방문한 느낌을 진술했고,
「억새의 密語」는 억새꽃으로 유명한 화왕산을 여행하고
감정 이입하여 진술한 시다. 계절에 대한 느낌으로 「봄

이 떠난 자리」의 쓸쓸한 정서와 「가을 연가」을 통해 가을
에 대한 철학적 명상, 「무궁화」와 「맥문동」에 대한 여러
생각들, 상쾌한 느낌을 자아내는 「새벽길」을 걸어본 경
험을 감각적으로 묘사했고, 「궁평항」으로 낚시 간 경험,
「여행자의 하루」를 통해 여행자의 느낌을, 「생존 방식」
에서는 갈매기들이 사람들이 던져주는 과자를 받아먹는
모습을 보고 코로나 시대 생존의 방식이 변해야 살아남
는다는 동물을 통한 생존본능을 형상화해 보여주고 있
다.

4) 출사의 즐거움과 화자의 고통스런 심경 고백

휠체어에 몸을 의지하는 화자의 고통스런 심경을 「비
애」와 「정기진료」, 「한강」으로 자신의 현재 생활 모습과
심경을 토로하고 있다. 「가을밤」에서는 가을밤, 하늘을
바라본 느낌을 형상화했고, 「1m 높이의 세상」과 「출사
가는 길」은 출사의 경험을 형상화한 시들이다. 「커피」를
마시며 떠오르는 사람들에 대한 생각들을 시로 형상화했
고, 「새벽에」는 새벽에 느끼는 상쾌한 느낌을 형상화했
다.

임진강 옆에 있는 고구려의 「호로고루 성지」을 돌아보
고 역사적인 상상력을 펼쳤고, 「고목나무」와 「산노을」은
자연을 통한 나의 모습을 투사해서 보여주었고, 「아침
독백」을 통해 최근 코로나 시대를 함께 막아내자는 강한

의지를 보이고 있다.

「출사 가는 길」은 그에게 존재감과 최고의 행복감을 지탱해주는 사진찍기 출사 경험을 형상화한 시다. 그는 사진을 찍고 시를 쓰는 활동을 하는 것으로 신체적인 고통을 이겨낸다. 그가 유독 출사에 매달리는 것은 자신이 살아있다는 존재감을 증명할 수 있는 유일한 희망의 돌파구가 출사 가서 아름다운 순간의 자연 풍광을 카메라 파인더에 담는 일일 것이다. 출사는 그에게 있어서 일종의 존재를 증명하는 인증샷 인지도 모른다.

새벽 햇살
이슬 머금은 아침

당신과 동행하면
발걸음 가벼이 떠날 수 있어요

하늘은 푸르른 그리움 닮고
바람은 잠들어 드맑은 창공

파인더에 들어온 설레인 세상
하마냥 부푼 방랑자의 셔터

당신이 내 눈이면

나는 그대의 손가락

순간을 간직한 찰나의 시간
우리의 사랑도 영원히 가두었지

눈 감고 조용히 귀 기울이면
귓전에 순간의 소리가 들려와요.
—「출사 가는 길」 전문

  사진작가의 생명은 찰라의 순간 포착이다. 아름다운 한순간은 다시 그대로 재연되는 법이 없다. 봄, 여름, 가을, 겨울 계절이 바뀌는 현상은 해마다 같지만 한 해마다 그 계절이 지상에서 비, 바람과 함께 벌이는 정경은 시간에 따라 늘 변화한다. 우리들의 마음속의 생각이 변화하듯이 자연과 기상 현상도 자세히 보면 매 순간마다 다르다. 우리의 몸도 마음도 시간의 흐름에 따라 늘 변화하고 있다. 그러다가 생명 활동이 정지되면 자연으로 되돌아간다.

  「출사 가는 길」은 그가 꿈꾸는 아름다운 세상, 사람과 사람 사이에 흐르는 사랑을 카메라에 영원히 가두기 위함이다. 손가락으로 누르는 순간 흐르는 시간은 정지되고, 카메라 파인더에 정지하여 갇히게 된다.

  물질의 시대 사람의 관계도 물질을 위해 아름다운 관

계도 도외시하고 인간의 도리를 벗어나 짐승과 같은 행동을 서슴지 않는 시대에 카메라는 모든 순간을 영원히 기록한다. 우리들은 탐욕을 부리면서도 탐욕 부리지 않는 선량한 얼굴을 카메라에 담아 남에게 보이고 싶어 한다. 사진과 문학은 진실을 추구하는 예술이다. 거짓으로 위장되어 자신을 위장하는 카멜레온의 변신 순간도 포착해내는 예술이다. 예술이 진실할 때 감동을 주는 것이다.

3. 에필로그

최부암은 자신의 존재 증명서를 미디어 영상예술인 사진과 더불어 언어를 도구로 하는 시로 남기려는 사진작가요, 시인이다. 그가 두 번째로 펴내는 시집 「출사 가는 길」은 그가 걸어온 인생 보고서다. 휠체어에 의지하면서도 당당하게 출사를 나가며 자신의 존재를 증명하고, 시를 씀으로써 문자로 증명하려 한다. 그 두 번째 존재증명에 대해 인증하며, 더욱 원숙한 작품세계를 활짝 펼쳐가길 바랄 뿐이다.

"인생은 짧고 예술은 길다"고 한다. 인생이 짧기 때문에 우리는 예술 활동을 추구한다. 그러나 진실한 예술 활동만이 존재를 증명할 뿐 노력하지도 않고 적당히 꾸며서 막대한 자금력으로 과대 포장하고 홍보를 한다고 한들 얼마 가지 못해 잊혀지고 만다. 그러나 최부암 시인은 온몸으로 뛰면서 사진을 찍고 출사 경험을 바탕으로 시를 쓰는 시인이다. 그의 왕성한 창작욕에 박수를 보내며 코로나 시대 더욱 건강한 모습으로 원숙한 시세계를 펼쳐가길 기원할 뿐이다.

2020 장애인 창작집 발간지원 사업 선정 작품집

출사 가는 길

1쇄 발행일 | 2020년 12월 31일

지은이 | 최부암
펴낸이 | 정화숙
펴낸곳 | 개미

출판등록 | 제313-2001-61호 1992. 2. 18
주소 | (04175) 서울시 마포구 마포대로 12, B-103호(마포동, 한신빌딩)
전화 | (02)704-2546
팩스 | (02)714-2365
E-mail | lily12140@hanmail.net

ⓒ 최부암, 2020
ISBN 979-11-90168-23-6 03810

값 10,000원

주최 | 대한민국 장애인 창작집필실
주관 | 장애인인식개선오늘(고유번호 305-80-25363. 대표 박재홍)
심사 | 발간지원 사업 심사위원회
후원 | 대전광역시, 대전문화재단, 갤러리예향좋은친구들, 문학마당, 한국장애인
문화네트워크, 드림장애인인권센터, 대전광역시버스사업운송조합, (주)맥
키스컴퍼니, (주)삼진정밀

문의 | (042)826-6042